KB232508

많아요

니콜라 데이비스 글 · 에밀리 서튼 그림 · 박소연 옮김

1판 1쇄 펴냄 2018년 5월 29일 | 1판 4쇄 펴냄 2021년 10월 4일

책임편집 정재은 | 디자인 심홍섭

펴낸이 박소연 | 펴낸곳 (주)도서출판 달리 | 등록 2002. 6. 4.(제10-2398호)
04008 서울시 마포구 희우정로 16길, 17-5 | 전화 02) 333-3702 | 팩스 02) 333-3703
ISBN 978-89-5998-342-1 77840

· 품명 : 양장 도서   · 제조자명 : 도서출판 달리   · 제조국명 : 중국   · 사용연령 : 3세 이상
· 안전표시 : 주의! 책의 모서리가 날카로우니, 던지거나 떨어뜨려 다치지 않도록 주의하세요.

※일러두기 : 생물의 명칭은 두산백과를 기준으로 하되, 최근 발견되어 해당 서식지
이외의 곳에서는 아직 정식 명칭이 없는 경우 원어를 그대로 번역하였습니다.

많아요

함께 살아가는 지구 생물 이야기

니콜라 데이비스 글 | 에밀리 서튼 그림

박소연 옮김

달리

지구에는 얼마나 다양한 생물이 살고 있을까요?

하나,

둘,

셋,

와, 많네요!

그래요! 지구에 사는 생물은 무척 다양해요.

코끼리나 참나무처럼
커다란 생물도 있고,

코끼리는 아프리카코끼리와
아시아코끼리 두 종류로 나뉘어요.
참나무 종류는 600여 가지가 넘지요.

버섯이나 미생물처럼
작은 생물도 있지요.

과학자들은 지금까지 10만 가지의 버섯을 발견했어요.

미생물은 너무 작아서 현미경으로 봐야 해요.
한 줌의 흙에 5,000가지 미생물이 살고 있기도 하지요!

생물은 온갖 곳에 살고 있어요.
메마른 사막에도

외떨어진 섬에도 살지요.

새의 깃털과 딱정벌레의 등이
작은 생물의 집이 되기도 해요.

이끼류 딱정벌레의 등에는 작은 식물이 자라요.
이 작은 식물은 이끼류 딱정벌레가 몸을 숨기는 걸 도와주지요.

아무도 살 수 없을 것 같은 펄펄 끓는
화산 웅덩이에도 생물은 살고 있지요.

지구에 사는 생물을 하나하나 세어 보는 건 쉽지 않아요.
생물이 사는지 살펴보기 어려운 곳도 많거든요.

정글 속 키 큰 나무 꼭대기나

추운 바닷속처럼
말이에요.

다른 생물처럼 보이지만 같은 것도 있고,
어린 퀸에인절피시
어른 퀸에인절피시

같은 생물처럼 보이지만 다른 것도 있어 헷갈리기도 해요.

무엇보다 생물의 종류가 너무 많아
그 수를 알기가 어려워요.

푸른눈 쿠스쿠스
페르남부쿠 참새올빼미
윈더퍼스 문어
액포트의 꼬마굴나방
시클리드과에 속하는
레피디오람프롤로거스 미미쿠스
파이사 난초벌
키프로스 섬 생쥐
도리스 스완슨의 독개구리
이제껏 수백 만 종류의
생물이 발견됐어요.
돼지코개구리
남극해 아네모네
미니어처
카멜레온
네팔 가을 양귀비
호멸성 참서대
화려한 성게
애튼버러의 벌레잡이풀
패튼의 밝은 뱀
크라운의
참노린재

앞으로도 수백 만 종류의
생물이 발견되겠지요.
지금도 매년 새로운 생물이
수천 종류나 발견되거든요.

이 장의 모든 생물은
지난 50년 사이에 발견되었답니다.

더 많은 생물을 발견할수록, 자연이 어떻게 연결되었는지 더 많이 알 수 있어요.
생물은 서로에게 음식이나 잠자리를 구하며 살아가거든요.

재규어는 파카를 잡아먹고, 파카는 나무 과일과 씨앗을 먹어요.

앵무새는 곤충을 먹고, 곤충은 꽃에서 꿀을 얻어요.

투칸은 나무 구멍에서 살아요.

박쥐는 나뭇잎에 구멍을 내어
집을 만들지요.

파카가 씨앗을 먹고 싼 똥은 다시 나무의 씨앗이 되어요.

올챙이는 나뭇잎에 고인 물웅덩이에서 자라나요.

벌이 꽃술을 옮겨 주어 꽃은 열매를 맺을 수 있지요.

생물 하나하나가 모여
아름답고 커다란 자연을 이루지요.
모두가 소중한 존재예요.

그런데 사람들이 아름다운 자연을
망가뜨리고 있어요.

공기와 강, 바다를 더럽히고,

물고기를 너무 많이 잡고,

숲을 조각조각 잘라 도로를 만들지요.

그래서 동물과 식물이
점점 사라지고 있어요.

멸 · 종 · 된

많은 생물이　　　이미 없어져 버렸지요.

동·물·들

어떤 생물은 발견하기도 전에 사라졌어요.

사람도 자연을 이루는 한 존재예요.
아름답고 커다란 자연을 잘 지켜야 해요.

생물이 하나둘 사라져
지구에 사는 생물의 종류가 적어지면
사람도 살 수 없어요.

혼자서는 말이죠.

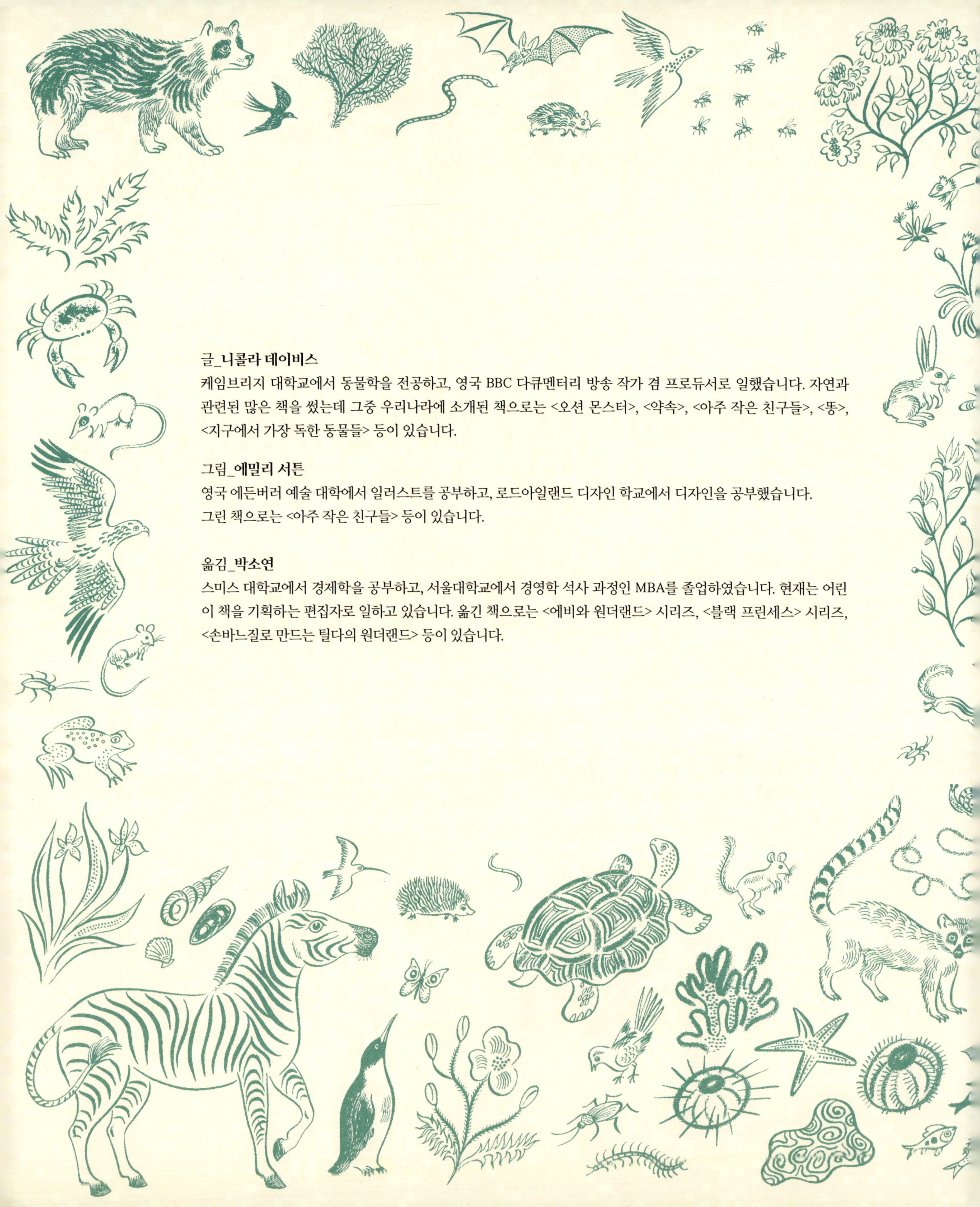

글_니콜라 데이비스

케임브리지 대학교에서 동물학을 전공하고, 영국 BBC 다큐멘터리 방송 작가 겸 프로듀서로 일했습니다. 자연과 관련된 많은 책을 썼는데 그중 우리나라에 소개된 책으로는 <오션 몬스터>, <약속>, <아주 작은 친구들>, <똥>, <지구에서 가장 독한 동물들> 등이 있습니다.

그림_에밀리 서튼

영국 에든버러 예술 대학에서 일러스트를 공부하고, 로드아일랜드 디자인 학교에서 디자인을 공부했습니다. 그린 책으로는 <아주 작은 친구들> 등이 있습니다.

옮김_박소연

스미스 대학교에서 경제학을 공부하고, 서울대학교에서 경영학 석사 과정인 MBA를 졸업하였습니다. 현재는 어린이 책을 기획하는 편집자로 일하고 있습니다. 옮긴 책으로는 <에비와 원더랜드> 시리즈, <블랙 프린세스> 시리즈, <손바느질로 만드는 틸다의 원더랜드> 등이 있습니다.